ISBN 3-7026-5773-8

1. Auflage 2006

Druck und Bindung: Druckerei Theiss GmbH., A-9431 St. Stefan

Jean-Pierre Jäggi
Alan Clarke

Pirat Unheimlich

Jungbrunnen

Pirat Unheimlich hieß nicht wirklich Unheimlich,
sondern ganz anders.
Wie viele andere Piraten hatte auch er
einen Geheimnamen.

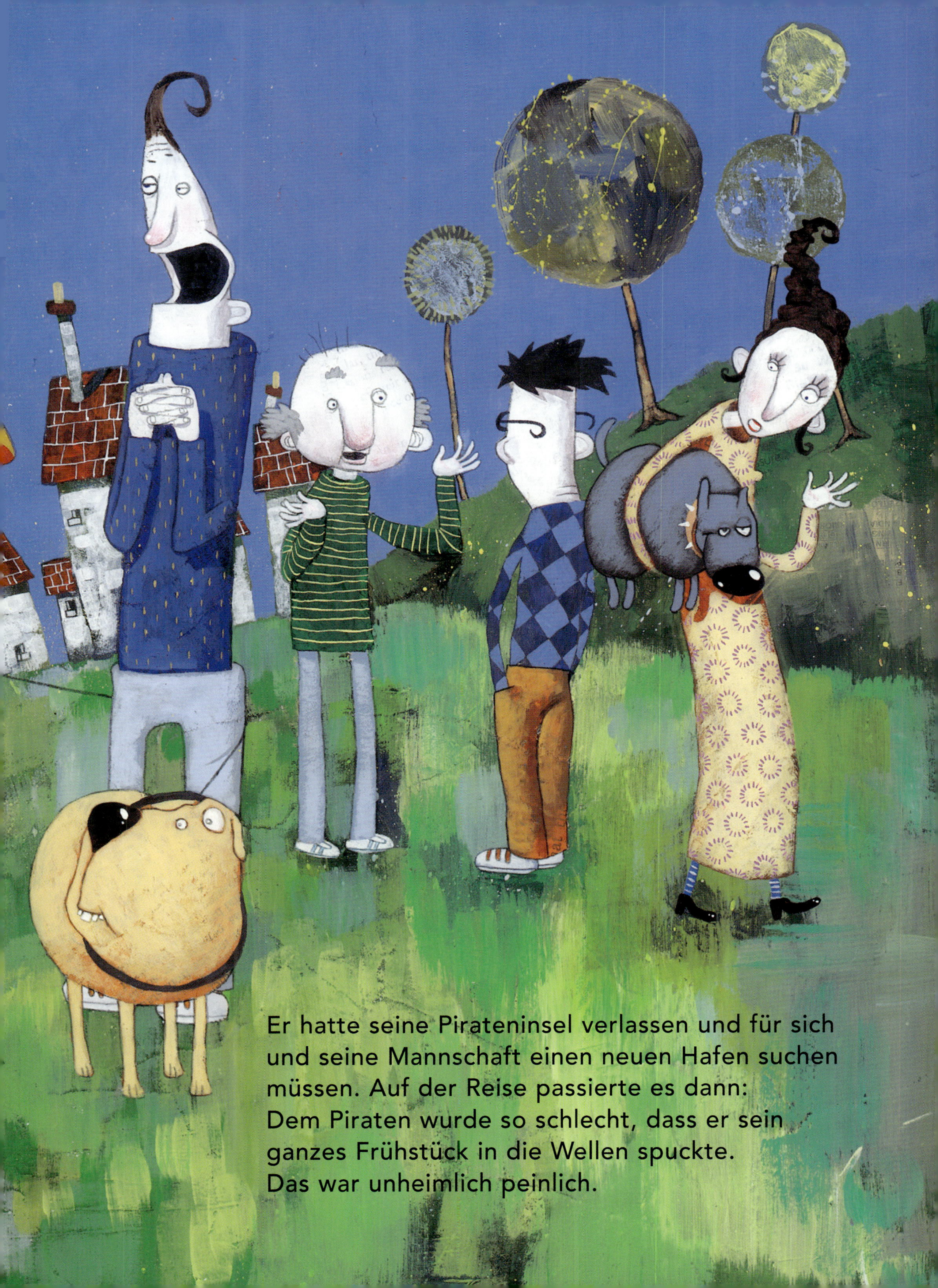

Er hatte seine Pirateninsel verlassen und für sich und seine Mannschaft einen neuen Hafen suchen müssen. Auf der Reise passierte es dann: Dem Piraten wurde so schlecht, dass er sein ganzes Frühstück in die Wellen spuckte. Das war unheimlich peinlich.

Sobald eine Insel in Sicht war, ging Pirat Unheimlich vom Schiff. Die Insel gefiel ihm. Es war gut, dass sie sich nicht mal bei windigem Wetter unter seinen Füßen bewegte. Aber auf der fremden Insel sprachen sie eine fremde Sprache. Pirat Unheimlich verstand nicht alles, was die Eingeborenen sagten.

Die Eingeborenen spielten Kanonenkugelwerfen. Wie jeder richtige Pirat kannte auch Unheimlich dieses Spiel.
„Hallo! Ich bin Pirat Unheimlich. Darf ich mitmachen?“, rief er und griff nach der Kanonenkugel.

Doch die Eingeborenen wollten ihn nicht dabei haben.
Leider hatten sie schon von seinem zweiten Geheimnis gehört.
„Du bist nicht unheimlich, sondern peinlich“, spotteten sie.
„Ein Pirat ohne Schiff, der vor jeder Welle kniff!“

Pirat Unheimlich war sauer.
Er saß in seinem kleinen
Piratenzimmer und überlegte.
„Peinlich? Ich? Ich habe doch alles,
was ein Pirat braucht:

1 Fernrohr (lang)
1 Schwert (scharf)
1 Schiffskiste (schwer)
1 Meer (mit Fisch)
1 Papagei (namens Peligroso)
1 Mannschaft (gefährlich)
2 Bücher (mit Piratengeschichten)"

Und ein Schiff?
„Das haben wir gleich!", rief er
und nahm sein Fernglas.

Pirat Unheimlich und Peligroso
machten sich an die Arbeit.

Sie bauten ein ganz besonderes Piratenschiff.
Es war groß und stark und es sah sehr gefährlich aus.
Aber das Wichtigste war: Das Schiff war so fest verankert,
dass niemand an Bord seekrank werden konnte.

Die Inselprinzessin persönlich kam als Erste zur Besichtigung.
Sie brachte ein Festessen und ihren Löwen mit.

In kleinen und größeren Booten trafen auch die übrigen Inselbewohner ein.
Sie staunten.
„Dürfen wir reinkommen?“, fragten sie bange.
Sie fanden, dass Pirat Unheimlich oben auf seinem Schiff richtig unheimlich aussah.

Pirat Unheimlich nahm das Schwert aus dem Mund.
Nun sah er schon viel freundlicher aus.
„Klar, kommt herauf!“, sagte er.

Die Engeborenen waren sehr beeindruckt.
„Das ist das tollste Schiff, das ich je gesehen habe!"
„Ein echtes Piratenschiff!"
„Von hier oben sieht man die ganze Insel."
„Ganz schön gefährlich."
„Auch ganz schön gemütlich."

Pirat Unheimlich zeigte den Eingeborenen, wo er schon überall gewesen war.
Und er brachte ihnen ein paar Piratentricks bei.
„Cool“, staunten die Eingeborenen.
Ihre Sprache kam dem Piraten nicht mehr so seltsam vor.

„Gehen wir an Land?", schlug
die Prinzessin vor.
Sie spielten Kanonenkugelwerfen
nach Piratenart, bis die Sonne
im Meer versank.

Die Eingeborenen stiegen in ihre kleinen und
größeren Boote und stießen sich ab.
„Tschüss, Pirat Unheimlich“, riefen sie zurück
und winkten.
Da machte Peligroso den Schnabel auf und krähte:
„Ein Pirat, der Wellen trotzt, und der nicht ins Wasser ...
Pirat Unheimlich hielt ihm schnell den Schnabel zu.
Und alle lachten.